Vente des Lundi 6 et Mardi 7 Novembre

HOTEL DROUOT, SALLE Nº 9

A DEUX HEURES

Pour cause de départ de **M. C. G.**, Artiste-Peintre

TABLEAUX

DESSINS, GRAVURES, OBJETS D'ART

MEUBLES

LIVRES

EXPOSITION PUBLIQUE

Le Dimanche 5 Novembre 1882, de 1 heure à 5 heures

Mᵉ Maurice **DELESTRE**, Commissaire-Priseur

rue Drouot, nº 27

EXPERTS :

M. Ch. GEORGE | **M. MARTIN**

rue Laffitte, nº 12 | rue Séguier, nº 18

PARIS — 1882

✓ ... , ... DE et COCK

IMPRIMEURS DE LA COMPAGNIE DES COMMISSAIRES-PRISEURS

Rue de Rivoli, 144.

CATALOGUE

DES

TABLEAUX

DESSINS, AQUARELLES, PASTELS

PAR

Decamps, Diaz, Greuze, D. Bergeret, F. Chaigneau
G. Michel, H. Lecomte, Fissette
Becker, Lemaire, Aufray, Gittard, L. Robert, Granet, Couturier, Gillot, Andrieux
Charlet, Boudin, Flandrin, Géricault, Jacque

Charmant Portrait de Mme Dugazon, par DROLLING
Mme de Staël, par le baron GÉRARD
La Promenade publique et la Galerie du Palais-Royal
par DEBUCOURT

FAIENCES ITALIENNES, PORCELAINES, ANTIQUITÉS

ARGENTERIE ANCIENNE, BIJOUX, OBJETS D'ORIENT

Belles Pipes, Tapis, Etoffes, Cuivres, Curiosités

MEUBLES ANCIENS

PENDULES, SIÉGES ET OBJETS D'ATELIER, CHEVALETS, BOITES A COULEURS
CADRES SCULPTÉS

LIVRES

Dont la vente aura lieu

HOTEL DROUOT, SALLE N° 4

Les Lundi 6 et Mardi 7 Novembre 1882

A DEUX HEURES

Par le ministère de Me **MAURICE DELESTRE**, Commissaire-Priseur,
rue Drouot, 27,
Assisté de **M. CH. GEORGE**, Expert, rue Laffitte, 12,
Et de **M. MARTIN**, rue Séguier, 18.

EXPOSITION PUBLIQUE

Le Dimanche 5 Novembre 1882, de 1 heure à 5 heures

PARIS — 1882

CONDITIONS DE LA VENTE

—

Elle sera faite au comptant.

Les Acquéreurs paieront CINQ POUR CENT en sus du prix d'adjudication.

—

NOTA. — La vente commencera par les Livres.

TABLEAUX

DROLLING

1 — Portrait de Mme Dugazon.

> Représentée en costume de satin blanc, dans le rôle de la Meunière.
> Charmant petit tableau. Signé : Drolling, *f*.

DECAMPS

2 — Turc étendu sur un divan et dictant une lettre.

> Signé des initiales.

GÉRARD (Le baron)

3 — Portrait de Mme de Staël.

> En buste, de trois quarts, coiffée d'un turban.

GÉRARD (Le baron)

4 — Portrait de jeune femme.

> En buste, costume de l'Empire.

LE PRINCE (Xavier)

5 — Deux petits Tableaux de forme ronde.

Scènes champêtres.

GOZZOLI (Benozzo)

6 — Tête de Christ couronnée d'épines.

Cadre en bois sculpté.

JOUVENET (D'après)

7 — La Pêche miraculeuse.

Esquisse.

ÉCOLE FRANÇAISE

8 — Tête de jeune femme.

Esquisse.

9 — Diverses Études sous ce numéro.

LE COMTE (Hyp.)

10 — Scène de Don Quichotte.

BERGERET (D.)

11 — Pêches et Verre de vin.

LANFANT DE METZ

12 — Les premiers Pas.

GUDIN (Signé J.)

13 — La Mer au Havre.

GUDIN (Th.)

14 — Marine.

GUIGOU (Paul)

15 — Côtes de la Méditerranée.

MORE (Paul le)

16 — Chevaux en liberté.

FISSETTE (LÉOPOLD)

17 — L'heureuse Famille.

BECKER (GEORGES)

18 — Italienne.

COUTURIER (P.-L.)

19 — Canards.

CHAIGNEAU (F.)

20 — Moutons sur la colline.

CORTÈS (A.)

21 — Pâturage.

GITTARD (A.)

22 — Les Laveuses.

AUFRAY

23 — Paysans près d'un pont.

WOROTILKIN

24 — Le petit Mendiant.

LEMAIRE (Casimir)

25 — Le Bouffon.

VERON

26 — Une Rue d'Osny.

VERON

27 — Moulin d'Osny.

CARABAIN

28 — Village en Suisse.

MICHEL (G.)

29 — Paysage.

LYS (Yan Van der)

30 — Baigneuses au milieu de ruines.

TÉNIERS

31 — Deux petits Paysages à bestiaux.

RAVESTEIN (Attribué à)

32 — Portrait de dame avec collerette.

HONDEKOETER (Attribué à)

33 — Nature morte.

RAOUX (Attribué à)

34 — Vestale.

ÉCOLE MODERNE

35 — Taureaux.

DESSINS

---

36 — **Diaz** (N.). Paysage (Aquarelle).

37 — **Decamps.** Masures (Fusain).

38 — **Decamps.** Italien assis (Mine de plomb).

39 — **Decamps.** Petit Paysage (Mine de plomb).

40 — **Decamps.** Cadre contenant trois croquis.

41 — **Decamps.** Femme tenant un enfant.

42 — **Greuze.** Tête de femme, profil (Sanguine).

43 — **Greuze.** Tête d'enfant (Sanguine).

44 — **Robert** (L.). Nonne en prières (Sépia).

45 — **Joyau** (A.). Vue au Caire (Aquarelle).

46 — **Henriquel-Dupont.** Portrait d'homme (Aquarelle).

47 — **Granet.** Le peintre Stella dans la prison (Dessin).

48 — **Isabey** (Attribué à). Portrait de Mme Dugazon
(Aquarelle gouachée).

49 — **Ecole française.** Portrait présumé de Mlle Duthé
(Mine de plomb).

50 — **Vanloo.** Deux Portraits. Beaux pastels signés
Vanloo fils.

51 — **Gillot.** Réunions galantes (Crayon et sanguine).

52 — **Ecole allemande.** Halte de chasseurs (Gouache).

53 — **Andrieux.** Trompette de guides (Aquarelle).

54 — **Benouville** (L.). Étude de femme debout (Sanguine).

55 — **Boudin** (E.). Plage de Berck (Dessin au crayon noir).

56 — **Boudin** (E.). Plage de Berck (Dessin à la plume).

57 — **Charlet.** Un Vieux (Aquarelle).

58 — **Cicéri** (E.). Vue de Suisse (Aquarelle).

59 — **Decamps.** Singe (Crayon noir et lavis).

60 — **Flandrin** (H.). Figure de Sainte (Dessin à la mine de plomb).

61 — **Géricault.** Chevaux de labour (Dessin à la mine de plomb).

62 — **Hue** (J.-F.). Eliezer et Rébecca (Dessin à la plume).

63 — **Jacque** (Ch.). Le Remouleur (Crayon noir).

64 — **Jacque** (Ch.). Bords d'une rivière (Crayon noir).

65 — **Tony-Johannot.** Mort de Don Quichotte (Dessin à la mine de plomb).

66 — **Lami** (E.). Cavaliers sortant d'un parc (Aquarelle).

67 — **Legros** (A.). Mendiant (Dessin à la plume lavé).

68 — **Mazerolle.** L'Aïeul (Crayon noir rehaussé de blanc).

69 — **Michel.** Vue de Paris (Dessin à la mine de plomb).

70 — **Monnier** (H.). Gavroches. — Officiers (Deux dessins rehaussés d'aquarelle).

71 — **Noël** (J.). Vues de Penmarck (Bretagne). — La Torche et le Phare (Deux dessins à la mine de plomb).

72 — **Noël** (J.). Paysans bretons (Deux dessins à la mine de plomb).

73 — **Ramelet** (C.). La Bohémienne (Aquarelle).

74 — **De la Rochenoire**. Pâturage (Dessin à la plume).

75 — **Roqueplan** (C.). Vue d'un port de mer. — La Tentation d'un moine (Deux dessins à la mine de plomb).

76 — **Troyon**. Vue d'une colline (Crayon noir rehaussé de blanc).

77 — **Troyon**. Sous-Bois (Crayon noir rehaussé de blanc).

78 — **École italienne**. Le Forgeron (Dessin à l'encre de Chine).

GRAVURES

79 — **Debucourt**. La Promenade publique.

80 — **Debucourt**. La Galerie du Palais-Royal.

81 — **Lépicié** (D'après Chardin). La Mère laborieuse.

82 — **Strutt** (D'après C. Lorrain). Deux eaux-fortes.

83 — Sous ce numéro, plusieurs Dessins et nombreuses Photographies, vues d'Italie, Rome, Pompéi, reproductions des maîtres anciens, etc.

84 — **Alix et Levachez**. Le beau Dunois. Suite de quatre pièces en couleur.

85 — **Théodore de Bry**. Le Triomphe du Christ (Deux pièces en longueur).

86 — **Silvestre**. Carte du blason. Dédiée au duc de Bourgogne.

87 — **Anonyme**. Prise de la Bastille (Gravure en bistre).

ANTIQUITÉS

88 — Grand Vase à deux anses en terre peinte de Nola, sujet représentant un repas, figures réservées en rouge sur fond noir.

89 — Deux Amphores à figures et ornements en blanc et dessinés en jaune sur fond noir.

90 — Figurine de femme assise.

91 — Buire en terre peinte, (Danseuse).

92 — Petite Coupe en terre cuite, ornements en relief.

93 — Buire à ouverture trilobée.

94 — Petite Amphore.

95 — Figurine funéraire égyptienne en terre émaillée.

96 — Tête de Pharaon en bronze.

97 — Un lot d'Amulettes en terre émaillée et pierres gravées, etc.

FAIENCES ITALIENNES

98 — Grand Vase à deux anses. (Adam et Ève).

99 — Paire de petits Vases à anses, à dessins bleus.

100 — Vase sphérique bleu et jaune. Tête casquée et arabesques.

101 — Vase-Cornet à deux anses ; décor à arabesques en jaune et vert.

102 — Un Cornet, anses à torsades.

103 — Plusieurs Vases sous ce numéro.

104 — Assiette à ornements en bleu et jaune, à reflets métalliques.

105 — Autre Assiette à inscription : Dona Bellia.

106 — Une Coupe à lobes : décor à portrait et arabesques.

107 — Autre Coupe.

108 — Petite Assiette Castelli.

100 — Trois Plaques de revêtement en faïence persane.

PORCELAINES

110 — Compotier en Chine, famille verte.

111 — Huit Assiettes en porcelaine de l'Inde.

112 — Plusieurs pièces, Bouteille, Vase, Théières Chine et Japon, petites Tasses en Saxe.

113 — Dix Assiettes en Japon : décor bleu.

MEUBLES ANCIENS, BRONZES, CURIOSITÉS

---

114 — Petit Meuble Louis XIII en noyer marqueté, à rinceaux et fleurs et orné sur la façade de pilastres cannelés.

115 — Petit Cabinet Louis XIII à frise et montants décorés de statuettes en ronde-bosse.

116 — Meuble à portes vitrées en bois rose à filets, garni de cuivre doré.

117 — Miroir à cadre guilloché.

118 — Deux Vases en bronze japonais.

119 — Tabouret turc, mosaïque de nacre et d'écaille.

120 — Pendule avec socle en marqueterie de cuivre, modèle Louis XIV.

121 — Deux Candélabres en bronze de BARYE.

122 — Bel Huilier en argent ciselé, époque Louis XVI.

123 — Aiguière, forme casque, et son plateau en argent, époque Louis XV.

124 — Petit Guéridon ovale en marqueterie, garni de cuivre.

125 — Petite Table, jolie marqueterie en bois de violette, garnie de cuivre.

126 — Bureau en bois rose et bois violette, garni de bronze, tiroir à caisse.

127 — Petite Table en bois rose, style Louis XVI.

128 — Meuble de même style à deux portes, panneaux à sujets sur fond or.

129 — Chevalets, Boîte à couleurs, Porte-Cartons.

130 — Jolie Pendule, forme violon, en écaille incrustée de cuivre et d'étain, style Louis XIV.

131 — Deux Flambeaux Louis XIV en cuivre argenté.

132 — Coffret oriental en noyer incrusté d'ivoire ; tiroirs à l'intérieur.

133 — Statuette de Vierge, bois sculpté du xvᵉ siècle.

134 — Petit Miroir dans un cadre italien à rinceaux feuillagés, en bois sculpté et doré.

135 — Boîte de Pistolets de tir, de chez Claudin.

136 — Table de nuit-chiffonnier en palissandre et bois rose, garnie de cuivres ciselés et dorés.

137 — Pot à tabac chinois en bambou sculpté.

138 — Petit Lustre flamand à six lumières.

139 — Plat ancien en cuivre repoussé.

140 — Coupe orientale en cuivre gravé.

141 — Baromètre Louis XVI en bois sculpté et doré.

142 — Aiguière turque et Bassin en cuivre.

143 — Armoire Louis XIV en chêne sculpté.

144 — Grande Pendule avec socle, beau modèle de style Louis XIV.

145 — Une Chaise Louis XIII.

146 — Petite Armoire orientale en mosaïque de nacre.

147 — Brazero en cuivre.

148 — Petit Banc en chêne, à pied tords.

149 — **Fauteuil Louis XIV.**

150 — Tabouret, même époque.

151 — Cadre italien en bois sculpté.

152 — Narghilé turc ancien.

153 — Tambourin en mosaïque de nacre.

154 — Deux Guslas.

155 — Deux Miroirs en nacre.

156 — Salière double en argent.

157 — Deux Boîtes rondes en argent Louis XVI.

158 — Cachet, type d'italien, argent ciselé.

159 — Épingle de cravate en or, montée d'un brillant.

160 — Montre en or de Leroy.

161 — **Bagues, Cachets, Médailles et divers petits Objets** en or et argent.

162 — Médailles et Monnaies argent et **cuivre.**

163 — Jolies Pipes turques à bouts d'ambre, **avec in-** crustations et filigrane d'argent.

164 — Poignard oriental, Couteaux, etc.

165 — Tapis d'Orient, Étoffes, etc.

166 — Paire de Chenets Louis XVI, modèle lions.

167 — Vase étrusque, à anses.

168 — Commode Louis XVI, à galerie et poignées en cuivre doré, dessus en marbre blanc.

169 — **P**aire de Vases en céladon vert, décor à rinceaux et animaux chimériques.

170 — **Deux Bahuts Louis XIII, à marqueterie à losanges.**

LIVRES

---

1. **Anacréon**. Odes, traduites en vers par de Saint-Victor. *Paris, Nicolle*, 1810 ; in-8, mar. rouge, tr. dor., fig. par *Girodet et Bouillon*.

2. **Arioste**. Roland furieux. *Paris*, 1787; 10 vol. in-18, v. marb., tr. dor. *Portraits*.

3. **Béranger**. OEuvres complètes. *Paris, Perrotin*, 1834 ; 4 vol in-8, dem.-rel., fig. de *T. Johannot, Charlet, etc*.

4. **Biographie** universelle ancienne et moderne. *Paris, Michaud*, 1811-1849; 82 vol. in-8, dem.-rel., v. fau.

5 **Boileau**. OEuvres complètes. *Paris. Pourrat*, 1832 : 3 vol in-8, dem.-rel., v. rose non rog.

6 **Bossuet**. Discours sur l'histoire universelle. *Paris, Renouard*, 1805; 6 vol. in-18, dem.-rel., mar. br . non rog. *Portrait ajouté*.

7 **Bourienne**. Mémoires sur Napoléon. *Paris, Lavocat*, 1829; 10 vol. in-8, dem.-rel.

8 **Brunet**. Manuel du libraire et de l'amateur de livres. *Paris*, 1842; 5 vol. gr. in-8, dem.-rel., ch. Lavall. non rog.

9. **Castellan**. Mœurs, usages, costumes des Othomans. *Paris, Nepveu*. 1812; 6 vol. in-18, v. vert, *fig. coloriées*.

10. **Catalogue** de la Bibliothèque d'un amateur (A.-A. Renouard), *Paris*, 1819; 4 vol in-8, dem.-rel., v. fau.

11. **Chénier** (A. de). OEuvres poétiques. *Paris. Lemerre*, 1874; 3 vol. in-18, v. fau., non rog.

12. **Collection** des moralistes anciens. *Paris, Didot*. 1795; 7 vol. in-18, mar. rouge et vert, tr. dor. Entretiens de Socrate. — Philosophes grecs. — Auteurs chinois. — Confucius. — Discours de Sénèque.

13. Collection d'autographes parmi lesquels on remarque
des pièces signées de Mme Campan, du maréchal Grou-
chy, Talma, Méry, Désaugiers, G. Sand, maréchal
Bugeaud, Lafayette, d'Orléans, J. Janin, Scribe, Boïel-
dieu, E. Sue, Donizetti, Ch. Nodier, Guizot, Lamartine,
etc., etc.

14. **Corneille**. OEuvres. *Paris. Renouard*, 1817; 12 vol.
in-8, cart., non rog., fig· de *Moreau*.

15. **Courier** (P.-L.). OEuvres complètes. *Paris*, 1835;
4 vol. in-8, v. fau., non rog. *Portraits*.

16. **Dulaure**. Histoire de Paris. *Paris*, 1825; 10 vol. in-
12, dem.-rel , fig. et atlas.

17. **Famin**. Musée royal de Naples: peintures, bronzes
et statues du cabinet secret. *Paris, Ledoux*, 1836:
in-4, dem.-rel. ch. bl. Fig.

18. **Fénelon**. Aventures de Télémaque. *Paris*, 1824:
2 vol. in-8, v. ant., fig. de *Marillier*.

19. **Germain**. Éléments d'orfèvrerie divisés en deux
parties de cinquante feuilles chacune, composez par
Pierre Germain, marchand orfèvre joaillier. *A Paris,
chez l'auteur*, 1748 ; in-4, v. fau.

16. **Ginguené**. Histoire littéraire d'Italie. *Paris,
Michaud*, 1824-35; 14 vol. in-8, dem.-rel., chag. v.

21. **Guarini**. Il Pastor fido. *Venetia*, 1605: pet. in-4,
parch. *Portrait et titre gravés*.

22. **Guillemin**. Le Ciel, notions astronomiques. *Paris.
Hachette*, 1865; gr. in-8. dem.-rel. ch. bl. *Planches en
couleurs*.

23· **Hénault.** Nouvel abrégé chronologique de l'histoire
de France. *Paris*, 1752, in-4, v., *vignettes de Cochin*.

24. **Horace**. OEuvres, trad, par Campenon. *Paris*, 1821;
2 vol. in-8, v. fau. non rog.

25. **Hurtaut**. Dictionnaire historique de la ville de
Paris. *Paris*, 1779: 4 vol. in.8, v. m. *Pians*.

26. **Juvénal**. Satires traduites par Dusaulx. *Paris.
Merlin*, 1803; 2 vol. gr. in-18, pap. velin, v. fau., non
rog. Fig.

27. **Koran**, in-8, rel. mar.
Manuscrit persan d'une très jolie écriture, orné d'arabesques d'or et de couleurs d'une grande finesse d'exécution.

28. **Lacroix** (P.) et **F. Seré**· Le Moyen-âge et la Renaissance. *Paris*, 1848; 5 vol. in 4, dem.-rel., chag. vert. non. rog. *Planches en couleurs.*

29. **La Bruyère**. Les Caractères. *Paris, Lefèvre*, 1818; 2 vol. in-8, v. *Portaits.*

30. **La Fontaine**. OEuvres. *Paris, Lefèvre*, 1822; 6 vol. in-8, v. fau. (*Simier*). Fig. de *Moreau.*

31. **La Rochefoucauld** (le premier texte de), publié par de Marescot. *Paris, Jouaust*, 1869; in-12, mar. br., tête dorée, non rog.

32. **Lens**. Le Costume ou Essai sur les habillements et les usages de plusieurs peuples de l'antiquité, *Liège*, 1776; in-4, cart. *Planches.*

33. **Le Sage**. OEuvres choisies. *Paris*, 1810; 16 vol. in-8, cuir de Russie. Fig. de *Marillier.*

34. **Loménie** (de). Galerie populaire des contemporains illustres, par un homme de rien. *Paris*, 1839; 10 vol. in-18, dem.-rel., v. bl.

35. **Lucien**. De la traduction de Perrot d'Ablancourt. *Amsterdam*, 1709; 2 vol. in-12, v. fau., tr. dor., Fig.

36 **Malherbe**. OEuvres· *Paris*, 1822; 2 vol. in-8, dem.-el. *Portrait.*

Marot (Cl.). OEuvres. *La Haye*, 1731, 6 vol. in-8, v. gr.

38 **Massillon**. Petit Carême. *Paris, P. Didot,* 1812; in-12, mar. rou., tr. dor.

39 **Meneval**. Napoléon et Marie-Louise. *Paris*, 1843; 3 vol. in-8, dem.-rel. v.

40 **Mille et une Nuits**. Contes arabes, trad. par Galland. *Paris*, 1826, 12 vol. pet. in-18, dem. rel., *figures.*

41 **Molière**. OEuvres. *Paris*, 1878, 8 vol. in-12, bas. *figures d'après Boucher.*

42 **Montaigne**. Essais. *Paris, Lefèvre*, 1836, 2 vol. in-8, dem.-rel. *Portrait.*

43 **Montaigne**. Essais. *Paris, P. Didot,* 1802, 4 vol. in-8, v, fau. n. rog.

44 **Montesquieu**. OEuvres. *Paris, Lequien,* 1819, 8 vol. in-8, v. rac. *Portrait.*

45 **Nain Jaune** (Le), ou journal des Arts, des Sciences et de la Littérature. *Paris,* 1815; 2 vol. in-8, dem.-rel. v. bl. *Caricatures coloriées.*

46 **Pascal** (Bl.). Pensées. *Paris, P. Didot.* 1817, 2 vol. in-8, v. fau., n. rog.

47 **Piron**. OEuvres choisies. *Paris,* 1823, 2 vol. in-8. v. rose, *Portrait, (Simier.)*

48 **Rabelais**. OEuvres, édition Variorum. *Paris, Dalibon,* 1823, 9 tomes en 11 vol. in-8, v. fau., tr. dor. *Fig. de Deveria.*

49 **Racine**. OEuvres complètes. *Paris, Verdière,* 1816. 7 vol. in-8, v. éc. *Fig. de Moreau. (Simier.)*

50 **Recueil** de dessins de Camées, en 1 vol. in-8, mar. roug. fil. dent. comp. tr. dor. ciselée.

51 **Répertoire** du Théâtre de Madame. *Paris,* 1828, 12 vol. petit in 18, dem.-rel.

52 **Renan**. Vie de Jésus. — Saint Paul. — Les Apôtres. *Paris, Lévy,* 3 vol. in-8, dom, rel chag. n.

53 **Rousseau** (J.-B.). OEuvres. *Paris, Lefèvre,* 1820, 5 vol. in-8, v. fau. *Portrait. (Simier.)*

54 **Satyre Ménippée**. De la vertu du Catholicon d'Espagne. *Ratisbone,* 1752, 3 vol. in 8, v. marb., *fig.*

55 **Scarron**. Roman comique. *Paris, P. Didot,* 1796, 3 vol. in-8, bas. *Fig. de Le Barbier.*

56 **Sismondi**. Histoire des Républiques italiennes du moyen-âge. *Paris, Furne,* 1840, 10 vol. in-8. d.-rel. v. rose. *Fig*

57 **Térence**. Comédies, trad. par Le Monnier. *Paris,* 1771, 4 vol. in 8, v. fau. *Fig. de Cochin.*

58 **Voltaire**. OEuvres complètes. *Paris, Lequien,* 1820, 70 vol. in 8, cart. n. rog. *Portrait.*

Vᵉ Renou, Maulde et Cock, imprs de la Compagnie des Commissaires-Priseurs, rue de Rivoli, 144. 32508

Imprimé en France
FROC020936131020
25418FR00024B/349

9 782329 470320